草戒指

百花洲文艺出版社

吴旭芬 著

Cao Jiezhi

图书在版编目（CIP）数据

草戒指 / 吴旭芬著. — 南昌：百花洲文艺出版社, 2023.10
ISBN 978-7-5500-5246-8

Ⅰ.①草… Ⅱ.①吴… Ⅲ.①诗集-中国-当代 Ⅳ.①I227

中国国家版本馆CIP数据核字（2023）第144802号

草戒指

吴旭芬　著

出 版 人	陈　波	
责任编辑	黄文尹	
书籍设计	张诗思	
制　　作	周璐敏	
出版发行	百花洲文艺出版社	
社　　址	南昌市红谷滩区世贸路898号博能中心一期A座20楼	
邮　　编	330038	
经　　销	全国新华书店	
印　　刷	湖北金港彩印有限公司	
开　　本	787mm×1092mm 1/32　印张 6.625	
版　　次	2023年10月第1版	
印　　次	2023年10月第1次印刷	
字　　数	100千字	
书　　号	ISBN 978-7-5500-5246-8	
定　　价	45.00元	

赣版权登字 05-2023-204

邮购联系 0791-86895108
网　址 http://www.bhzwy.com
图书若有印装错误，影响阅读，可向承印厂联系调换。

吴旭芬 笔名甄旭，女，江西于都人。随父母在青海海东度过青少年时代，现居赣州。

热爱生活的歌者，试着忘记喧嚣；隐身文学殿堂，将人生步履迈进写作。

江西省杂文学会理事，南昌市文艺评论家协会会员，赣州市作协会员。

获得江西中储粮"谷雨诗会"二十周年成就"谷语奖"；作品散见于《赣南日报》《赣州晚报》《上饶日报》《江西杂文》等报刊，获奖若干；有作品收入《守望者书Ⅱ》《江西诗歌年选》等书籍。

序：水湄歌者

有一支芦笛在远处吹响。

乐声随着脉脉的流水，经过一处处美丽的地方；我能听懂芦笛的歌唱，乐声是那样婉转动听、旋律悠长——

会让人联想到石火的碰撞、心灵的咏叹、诗歌的呼唤；

会令人回忆起理想的咏唱、岁月的醇厚、生命的光电……

这是吴旭芬的《草戒指》带给我的总体印象。

那是很多年前，我参加中储粮谷雨诗会诗歌评选，在会后认识了一等奖女诗人吴旭芬。她对诗歌创作的那种认真执着、谦虚好学的态度，给大家留下了深刻的印象。随后的几届谷雨诗会上，吴旭芬总是能以崭新的作品带给人们惊喜，屡次获奖。然而，她心平如镜，一直孜孜不倦地坚持诗歌创作，时常向我咨询遇到的文学问题。

二○二三年早春二月，万物复苏时节，吴旭芬面带微笑地捧出了她的诗集《草戒指》文稿。作为一个业余女诗人，能拿出如此优异而厚重的作品，我不禁暗暗感到震惊。多年来，她对诗歌的虔诚和创作的激情，深深地打动了我。静静阅读她的诗歌作品，不知不觉地我渐渐沉浸其中。

翻开《草戒指》第一辑第一首，你会看到这样的诗句，我把它当作吴旭芬诗歌版的自我简介：

身在北方的我/常常怀想南方/想象着修竹桑林、荷叶田田

而回到南方的我/又痴痴地挂念北方/回味着白杨红柳、杏林青青

稻田，麦地/甘蔗林，青纱帐/黄土高坡，江南水乡/不断叠印在一起/萦绕我脑海

北方和南方/都在远方/始终离不开视线/那是心灵的故乡

《远方》

吴旭芬从小生长在青海海东，青少年时代饱受河湟文化的熏陶，她的诗歌中反映出朴实、宽厚以及自由豪爽的气质；她积极追求更加理想的精神世界，业余时间辛勤笔耕，写下了大量诗歌作品，抒发了对工作、对生活的无限眷恋。北方的风土人情，南方的山水景象，常常紧密交织在一起，萦绕女诗人的笔端，心意绵绵……

粮食、土地、稻谷，成为女诗人笔下频繁出现的意象。女诗人围绕着乡土、谷子反复讴歌，诗境每每出现新创意、新境界，属于"人意中有、人语中

无"，全诗因而得到升华，令人始料未及却又万分欣喜。

譬如组诗《一株稻，在夜风中奔放》，借反复叙述稻谷的诗行，一咏三叹地歌颂了中储粮战线职工默默无闻地忘我工作、无私奉献的群英形象：

你如期而至/这片夜，便熟了/一种忘却退回生活本真/一种安详嵌进思想深处

《相约》

一犁一耙，声息相唤/枝枝叶叶，纯情无边/父老乡亲把日子扛在肩上/丰盈了村庄的流年

《回眸》

你朴素转身/与世作暂且的隔绝/沉默，或者隐忍/用15℃恒温酝酿/另一程山水

《修炼》

疼痛，并快乐/坚硬而柔软/你的深爱蜿蜒成清流/滋养我毕生的勇气

《读你》

从声声慢，翻唱到醉花阴/人间最优雅的放纵/让你的稻香，顺利抵达/一纸墨香

《诗意》

再譬如《流连·谷歌》，作者采取了双线索并行的表现手法，表层上稻谷歌唱土地的滋养之恩，深层上则是女儿赞颂母亲的抚育之恩。这样的诗歌表达十分难得，使读者不仅在阅读层面得到满足，而且在精神层面也获得洗礼和感动。多年来我反复阅读这首好诗，每一次心中都会翻腾出新的感激，以及对作者的尊重。

在女诗人的笔下，时常蕴含对长辈、历史、中华传统文化的殷切关怀：

爷爷把自己打磨成老祠堂屋顶的瓦当/守望归途，静侯佳音

《犹江，等到一颗归心》

照拂瞬息，亦涵千年

《在乡村，我的告白如此繁华》

英雄沉默着/把辉煌往事/装进瓦罐/慢火炖熬

《一座城被赋予英雄气质》

……封存着最美的人间真情/让人回味一辈子
……吐露出满地的稻谷玉米、大豆菜籽/让人幸福一辈子
……而后/让人牵挂几辈子

《九万里田野》

吴旭芬的诗歌来自她热爱大自然、感恩生活的心灵深处，许多女性感受（是的，只有女性才有的纤细感觉）表现出的美丽诗句，常常让人驻足阅读、过目难忘：

一回首/已是千山万壑/只把你的名字喊到心痛

《在你的流水里》

想起一颗谷子的名字/轻轻/怀念她酸甜苦辣的一生

《你如此沉静》

在《夏季到来之前》，春天里幸福生活的人们，都是大自然中绽开的美丽花朵：

一个春天的冷暖/从浅到深，染红一群笑脸

在《春晨短笛》（散文诗）里，那金色的谷子，分明是一个个活泼快乐的可爱孩子：

谷子……偷听了风与树梢的交谈，窥见了杨梅树的秘密。它一阵窃喜，爆裂了心花，向阳光伸出了手臂。

女诗人赞颂人间真、善、美，捕捉到现实生活很多被人忽视的瞬间与角落，常用第一人称"我"为主体，

进行深刻的反思和自省，用严谨而透彻的语言，表达出
对人性的叩问，对真理的哲思：

关窗，始于抵挡/开窗，因为孤独

《窗口》

黑，紧挨着白/亲密无间/最简单的相依/笑看万
紫千红

《黑白照片》

此岸是承受，也是修为/彼岸是未来，也是曾经

《追梦的我们，浅笑如初》

　　从《草戒指》120首作品中，可以清晰地看到诗人潜
心创作、沉稳进步的痕迹。虽然诗集中只收录了一篇古典
诗词（《古韵一组》），但诗人善于吸收古典诗词的韵
律，体现在现代诗中四字词语的准确运用，为诗作增添了
雅致。作品整体诗意从注重表象到意向的挖掘，写作手法
从略显直白到深邃而不乏灵动。有个别作品开始尝试当代
诗歌创作的风格，比如《黄昏的景致》和《道歉》等，有
点后现代主义的味道……
　　其实，女诗人更像是她自己在《请握紧我的手，奔
跑》中表白的那样，娴静而知性：

不需要节日的礼花/长发飘飘，掬一把阳光

就能绽开绚丽思想/一阕浓情站在诗歌的渡口

当我们翻开《草戒指》，诗歌妙品和精美诗行比比皆是，诗人以真挚的情感、细腻的笔触、干净的词语，铺展开诗意奔涌的无尽生活画面，同时伴随着深沉高远的思索。我品读着这些诗作，反复追寻她的诗歌色彩，最后得出的结论是：内敛而成熟的金色。

《草戒指》是吴旭芬首部诗集，她是一位不忘本真、成熟宁静的女诗人，用自己的生命体验，在人生田园里收获金色稻谷，每一粒都焕发着淳朴理性的光芒。

2023年3月1日

于江西南昌·艾溪湖畔

（王治川：中国文艺评论家协会会员，江西省杂文协会副会长，著名诗人，原江西省作家协会诗歌创作委员会秘书长，南昌市文艺评论家协会名誉副主席）

第一辑　诗心徜徉

第三辑　灵魂应答

第四辑 谷雨情愫

第五辑　流年淳厚

第一辑

诗心徜徉

远　方

身在北方的我
常常怀想南方
想象着修竹桑林、荷叶田田
而回到南方的我
又痴痴地挂念北方
回味着白杨红柳、杏林青青

稻田，麦地
甘蔗林，青纱帐
黄土高坡，江南水乡
不断叠印在一起
萦绕我脑海

北方和南方
都在远方
始终离不开视线
那是心灵的故乡

诗与我

我守在这里

等所有日子

——经过我的分行

念想很重

就把笔下得很轻

心绪很窄

就把行空得很宽

将浪漫放在纸上穿越

追回渐远的快乐

在诗中

我着一袭青衣

在辽阔原野

流连于白杨红柳、修竹桑林

时而轻愁浅笑

时而掩卷冥思

古典而唯美

诗中的月亮夜夜燃烧

曾经的迷离

那些如履薄冰

那些欲说还休

化身明媚春景

鲜活着我另一番命运

你是奔放的

我是自由的

紧跟春天

我会一直吟唱下去

请欣然收下

我送你的这枚草戒指

归去来兮

你踏尘而来
带着多年积存的心事
徘徊在故土的山水间

你仔细观望着车窗外
向远远近近的乡人招手
禾田、草垛、老树等等乡村细节
每每让你发出惊叹声
童真又回到眼中

你找到了儿时的小溪
和溪上的木桥
还有溪水边吃草的牛犊吗
你整理心绪的此时
乡愁也是剪不断，理还乱吗

你又将踏上行程
带着原乡的红土
背包底层的那块关西围屋蓝印花布
你想送给女儿吗

我是你孙女辈的客家后代
早已脱掉布鞋，忘却方言
只想做一个时尚的都市人
今天，因你这份乡情
我明白了，什么是根

恋曲1999

这种感情
滋长在春风的脚步里
这种渴望
飘游在淅沥的雨中
这种情愫
跋涉在山重水复的路上

岁月吹落的花瓣
蘸着甜蜜和忧伤
悄然编织了一张情网
我就像雪被下的一粒种子
用最丰富的想象力
想着如何走入你的梦乡

爱慕已深
从我们相知的那天
你来自远方的惦念
让我的精神变得富足
焕发出全新的激情

此刻
我终于投入了你的怀抱
这么温暖
这么甜美

我是一位归乡的游子
在亲人的怀抱中
尽情诉说多年的思念
安静地聆听久违的乡音
从此不再去远方流浪

荷香之夜

卸下白日里的嫣红

素颜如水，凌波如玉

荷花在夜里也为自己沉醉

起风了

那是溢香的荷风

才发现船儿已驶远

漂浮的都是柔柔的思念

轻轻地，荡开

看那花儿的娇羞

我的心塘

埋下无数的藕节

晕染了一片荷塘的安宁

无　痕

盛夏，绽放万丈热情

让裙裾舞动，珠光隐退

我踏遍街巷

躲闪着似火骄阳

只为寻找记忆深处的

树荫和暗香

春天萌发的思念

无奈蜗居斗室

人造清凉中

我的浮躁、虚荣

皈依于沉静

你的目光

与那时不同

我读懂了

毫无踪迹便是永恒

哦，季节已近立秋

农人将要播种二季晚稻

我也该重新埋下一粒种子

生长期是今天到今生

风起时

借一段久违的童话
站在这边遥望
所有离去的背影
是不是都开成彼岸花

天籁以外
谁还记挂着春风夏雨
轮回之间
生命的诱惑是否永远张扬
世事变幻出密码
藏入秋叶的脉络
且听风吟吧
人生本是会如初见

依傍天上彩虹
无力靠岸，跌宕回旋
道不尽无限惆怅

不如挥剑斩断光阴
携满怀风霜
回归这最深的红尘

元月的页眉

冬雨冷静而纯情

帮我抖落满身灰尘

新粮入仓，老粮出库

和我惺惺相惜的稻谷们

微笑着靠近我

开始第一万次的交谈

潜进赣北的烟雨

翻阅经年往事

还记挂着，挽留着

两颗彼此呼应的心

穿越千重语境回家

喜极而泣的泪光中

望见了二月

那姹紫嫣红

心口贴着三月

杏雨惊醒蛰梦
蝶影撩动柳絮
融雪敲开了苍山
乳燕却剪不断情丝

谁的远方来鸿
衔走谁的罗帕
与谁相偕
共吟一片嫣然

那遗落的半阕蝶恋花
又让谁拾起一路相思

花开有心
催生绿色翅膀
扑棱着飞离枝头
去寻找又一场传奇

割舍不下的青春
早已唱成岁月行板

总有桃花般的殷红，领舞

让生命不断充实

心中那些柔软的地方

变得日益坚韧

心口贴着三月

沿着春风的方向高飞

一直向南

那里　有诗歌翱翔的温度

空 灵

梅香一缕

清清白白，让我独自享用

忘了老去，只爱一滴水的缘

在沉默的青天

追随一朵云去游历

山将水搁浅在脚下

水却捧山悄然入梦

时间的空白处，潮声又起

雪的语境蕴涵的生机

冲破禁锢的眼神

在呼吸，在心灵

凛然兀立，步步生莲

大路朝天，终归要回家

扔一只漂流瓶，不著只字

任他流浪

落叶比你更沉默

只能说，落叶比你更幸运
它落在树木的根部
依偎于自己的出生地
化入泥土，来年重生
只要它的根还在

你一直在忧郁
即便关上夜晚的灯
闭上疲倦的眼
心，还在四处彷徨
一朵孤云行走在月色中

阳光下，你却找到某个角落
捡拾些别人不要的东西
如获至宝，爱若珠玉
瓶瓶罐罐种满野草
一间小屋成为茂密荒野

美食，出游，观赏，老家
你却还是忧郁

那就试着更沉默些吧

用一支黑铅笔

在白纸上说话

诗人在水边

孤绝的身影
被夕阳拉得很长
得以挣脱生活

诗人不说话
望一望水面
就把一天的世相沉入水底

延绵成河湖江海
似凉薄若温情
消融于波澜漩涡

世界噤声
无尽倾诉漫过此岸彼岸
滋养一盏心灯

肖　像

我试图用间隔十年的照片
揣度一个人成长的轨迹
端详肤色、皱纹的变化
苦乐得失的半生
秋风渐瘦，未曾泄露谜底
还记得保持一抹笑容

养气，养晦，深藏于心
修缮的简历
被一些低劣的欲望折磨
他乡杂谈，方言闪烁
越来越坚信，风吹过的地方
万物皆会感动

一个人的肖像里面
有光，有热，有气候
依附盛大的世界
活着的肉身落地生根
越过对镜自怜
继续爱与漂泊

彼岸之花

一缕香气
自那边吹来
忘川之水
在光阴的皱褶里
放大了涟漪

亭台楼阁
灯红酒绿
情思翻涌
呈现瑰丽的场景
容我驻足

看一眼
望断所有开始与结果
夙愿将尽
抛却爱恨情仇
唯有这艳丽花朵在握

走过这条长路
再不回头

莫说生死，还有来世

轻轻作别红尘因缘

安息千年

面对一杯茶

午后，一杯茶
浸泡着舒适、安闲
搅拌蒙眬的目光

洗净纷纷扰扰
茶叶儿舒展、游弋
带去那最初的山峦

吹来一阵风
山风，含着茶香
氤氲，辗转

望见一棵树
茶树，悠然挺立
在山崖

凝　望

一个完美主义者
走很远的路
痴痴地想念
阳光与花影
用力去够着
抽象而又具体的丰润

默默地怜爱
某年某月某日的生活
纵使人间薄凉
这颗草木之心
依然浅笑如初

鸟儿掠过天空

是鹰隼，也是白鹭
是斑鸠，也是云雀
天生的精灵
我的心鸟
每次见你飞过
只那么一瞥
便更深地懂得了风景

你一次次优雅地划过天际
早已在我心海边
垒起一座码头
我纤小的喜悦、憧憬
在那里沉淀、积累
仔细倾听
高远处天籁之音

你的飞翔是风的翅膀
拨开一切迷茫和诱惑
把云翳、暗流、阴霾
翻落成欢畅和洁净

在你述说的境界里

我的灵魂

与豁达结下情缘

渴望做一棵树

披一身蓝色的枝叶

只为吸引你的目光

请你降落在我枝丫间

让我抚摸你的羽毛、你的喙

另外，还请你捎信给她

赣北的妹妹

秋　意

合适的时机你走来
身旁憨厚的大地
连绵着一些信念
或者稳固胜利果实
或者养精蓄锐
内敛骨头里的心

我的泥香，我的草香
弥漫旷野
有一滴松林的琥珀
将要凝结

这条盛满露珠的小河
快乐、任性，日夜呢喃
老树和丝茅草
包容着匆匆赶路的行人

向对岸的码头致敬
一艘老渡船
早已

了却江枫渔火的繁盛

这个秋天慈眉善目

蔷薇一瓣一瓣地开着

开了，就无悔啦

行者有踪

细心整理行装
一抬眼，就看见
明天的车程，下一站

窗外，行人如织
忍不住擦拭玻璃
像抚慰他们匆匆的心

遇过的人，一次次握手告别
请相互原谅，误会和不周全
相互记着快乐和真实

我得到了一些想要的
足够啦，我将身轻如燕
去认识未来的野花草

路上，一个个站点
不同品种的大树、不同年轮
都在此刻挥一挥手

雨夹雪

雨和雪结伴而行
裹挟着，叠加着
变幻着梦的节奏
演绎着情的交织

如何的等待
如何的渴求
如何的天机
才修炼成共舞时分

点点凄冷，珠玑失落
却又片片飘摇，气贯长天
魂魄婉转落入人间
烛光里蝶影绰绰

记忆中远去的八月
青春迟疑，秸秆成垛
旁白今夜的剧情
既浓烈，又寥廓

夜 读

你轻啜一口茶
把婺源整个儿山水吸进腹中
石桥流水
皇菊生发
在心尖上演绎

书中的文字被照亮
蜷缩如胎儿状
怀着永恒的幸福记忆
你用温柔目光
触摸着　想象它们　呱呱落地

灯光中心的你
忽然无所皈依
环视四周
经过熟睡的丈夫、儿子
收集书外的隐喻

一只旧式竹篮
静卧在空调柜机旁

装过外婆采的野荠菜

装过母亲买的土猪肉

盛满了农家蔬菜清香

你望向窗外夜空

微微一笑

一声外婆

弥补了很多

诗书与生活的距离

风　景

无数鸟儿向北飞去
背离夜莺的啁啾
一往纯情

忙碌着，一丝不苟
雨水突然扼住灵感
二月的写真未能成集

远远近近的起伏山峦
投影在心波
生活的臂弯如虹

带着脸上惋惜的泪
你来过，从此心仪
枝头梨花正从纷繁走向飘零

有什么可以抵达内心

这一片草原是不够的
这一湖碧水是不够的
要有掀动整个宇宙的江河

是自由的脚步，敞开的国度
是寻觅和孤独经过风的歌唱
经过曾挥金如土的从前

在诗歌与心灵之间
是一个勤奋的人
一生的劳动和梦想

我要记下光影
记住亲人、友人、哲人
他们的话语、智慧、爱怜

走向山野、溪流、草木
从繁杂，到深邃
最后，回到简单

最后，我笑了

用原生态学唱一首民歌
努力拧出泪水，拧出情感的波涛
行过的路上长满野草
一条河流干涸，才看清泥沙

阳光消失后，才会点亮心灯
喧嚣结束，无人处找到自己
太多未尽的话，太多未写的诗
循着你的背影，从前世追到今天

种下苹果树，种下一生的春天
它们吸收雨水，吸引蝴蝶
不必虚设华美的结局
我知道，秋天一定会有红苹果

第二辑

花语潺潺

李花开

早晨，洒落满眼雪白
淌过冰河的清凌
有一丁点儿鹅黄吐蕊
那是与春天的耳语

如此迫切而又内敛
于水边、地头、山间
瘦削枝杈扛不住花浪的风韵
逶逶迤迤

雾中的李花变得很轻
可以修饰深陷冬季的硬物
撩拨不甘寂寞的灵性
一袭白衣，菩提千里

在原野里容易看见自己

象形或意味的表白
深或浅
皆成为沧海的鱼尾

水中
枝头
大地的每个角落

心尖上的露珠
眼里的沙粒或甘甜
随光阴翻跹

对　视

我决定舍去一切装扮

在明天的红尘里与你邂逅

不说相见恨晚

也没有久别重逢

短暂而长久的对视中

文字诞生之前的纯粹

用绿叶的语言

互致问候，缔结浪漫

当绿叶老了，低眉顺眼

我变作一只枯叶蝶

隐匿自己的容颜

枕一席洁净干爽

停驻在落叶的轻吟中

飘飞时，卷起枯叶欢舞

不分你我

文学青年

爱简单，爱干净
爱孩子，爱老人
青年时期的热血，默默流淌
凝视花叶上朝露的明澈，陶醉
追寻大地正直的光芒，却常常迷失
热闹场合最寡言，笑容也寂寞
一次次彷徨街头，找不到立脚之地

几朵幽微烛光，遁入宁静一隅
拥着风，拥着雨
倾注全部情感、沉思、耐心
搭成一座茅屋
窗明几净，蓬荜生辉
仿佛走了很久，仿佛走了很远
清晨归来，市井依旧，人群依旧

城里的杜鹃花

林荫道下一排排、一朵朵，夺人眼球
植物群体，修剪得整齐划一
嫁接在这座城市
建筑森林的硬线条烘托
愈发显得绿叶儿鲜亮，花朵儿美艳

写进了学生的作文
成了白领美女的拍摄背景
纵然，汽车尾气的笼罩
遗忘在花丛中的垃圾
不影响它被称为靓丽风景线

人们不知道，也许淡忘了
或近或远的山野
有另一番光景
到处是遗世独立，自由奔放的同类
它们，叫作映山红

遥寄北方

风尘仆仆的雁群

从妩媚轻巧的江南

叩开重重关山

迂回　盘旋

遥迢的那一边

广袤的北方在召唤

儒家的源地

圣人的故乡

出产浑厚淳朴　深沉严谨

即便大漠苍凉无垠

也甘愿沐浴沙尘滚滚

为生命刻划上几笔棱角

卸落慵倦的夜晚

从松散的羽间找到家族的荣誉

每个感动的早晨

接受峰峦张开的手掌

捂热双翅

抗争　搏击

接近更高的云朵和光芒

从　来

寻爱的人
到处奔波
也带不走
遍野的春情

静守，默念
祈求，暗恋
临风写意
纤尘不染

生与死，殇与痛
完成一场倾心长谈
嫌隙尽释
多么幸福的过程

从来就是一个人
素颜，净心，瘦笔
与自己
认识，道别，重逢

花　语

寒雨中
纯净的花儿绽放
正好遇见了
我等待春天的虔诚

这些柔美的精灵
是真正的智者
世间还有什么话
比它们，更语重心长

只要春天有约（组诗）

祝福

稻香。包容了所有芳香
从亿万座家园飘出
诉说多少个季节的心情
让每个人想起，太阳行走的轨迹
如同翻印父亲、母亲的经历
绿色的、金色的
清甜的、醇厚的
祝福，送给坦荡大地

向往

是向往，这从不停歇的追寻
指引着，未来崭新道路
花的国度，稻花与牡丹
如米小的苔花，会心成海
柔美心海也能掀起风
终年吹拂，层层山脉的浮尘
那栽满稻子的梯田啊
拨云开雾，伸向山之巅峰

时光

稻香。无声地降落

收复一缕年华，靠在你汗湿的双肩

蓝边碗、米袋子、大粮仓

连星光也像刚刚磨碎的米粉

永久参照物，特别的属性

时间是无敌的江湖

一切深刻意义，找到守护者

年轻人，成长为英勇的角色

轮回

衣袂飘飘，他们也曾领略时尚霓虹最炫

却毅然回到父亲的田埂，母亲的小溪

两代人如影随形，经过辽阔稻田

奔向前方的秋天

更远处，有高高的谷堆装满仓

这是经典场景，故事的序幕

也是结局，中间的情节起伏转折

牵住你千百次的仰视

心曲

稻的心，被洁净地捧着

它知道，河山静谧安详

种子们有着自豪的角度

稻花儿坚守永开不败的信念

一袭暖风，一垄新苗

一波稻浪，一荷粮耙

一曲清歌回望来时路

一笔，写不尽整个春天

借我一袭笑容

起初，并不习惯

悻悻然接下新鲜的善意

自此，甘霖若雨润

赋予多少清梦伴飞在路上

携我不倦地行进

敏捷，或是迟缓

都是回放爱的过程

千万里长

因为，我记得

你曾借给我一袭笑容

你和我那么像

我遇见谷雨和三月
不是远方也不是缘分
一切触手可及
如田野上驻扎的收割者
勤勉地聚拢颗颗果实

其他事物，那么多人
齐刷刷地昂着赞颂的头颅
赶往城市，奔向高光时刻
神采耀目之际
上空自然闪耀

当初手捧稻粒的你
是否回到田野，以缪斯之名
依旧握紧镰刀锄头
继续整理秋后的田野
再次翻耕，播种
让它在封冻前尚有收成

这些年，生活里的辩证法

每每游离、斑驳

孑然不群，抑或故作高傲

真实，虚妄

心路反复开合，起伏凌厉

纵使悲悯复原，难以言说

今天，你突然关注我的微信

"……，我也这样认为"

三排拥抱、点赞、玫瑰

踏破行营，转世飞越

世界缩地，心扉敞亮

原来，你还是……

和我这么像

关于自己的传说

关于生命的运行
关于光明，关于热爱
文史已做了厚重的注解
浩浩渺渺，连绵不绝
那么多，那么多传说

轻抚早春第一片绿色萌芽
每一刻，每一天，每一年
关于我自己的事情
献给了走过的路，逢过的人
留下丝丝缕缕的线索

感哀哀惊鸿，听隐隐远歌
日夜仰望群山轮廓
我的期许随血脉静默微澜
给溪流倾注新泉腾起细浪
潜心刻画大地春回

俯身拾起一枚金黄落叶
这大地精灵

请源源不断碰撞生命的火花

赋予我前行的力量

继续做好一天的事，一辈子的事

晨　曦

晨曦里
一朵小小的花
像极了欲言又止的唇
它有薄薄的花瓣
轻轻划动眼前的雾霭
浅浅涟漪一圈圈荡开
唤醒了沉睡的大地
小甲虫飞落在花蕊间
献上她的初吻

晨曦将散
人们总要有新的开端
憧憬，想象
如果还有梦，就继续追
备足食粮和心力
还有一些相守和韧性
一轮红日，鲜艳、壮美
烘托出无限的背景
好剧拉开帷幕

隐形的声音

这高贵的陨落
将不屑的恩情抛洒于大地
满地落红，剥离的太阳碎片
从残忍中抽出温情
用庄严的神态宣告
一种结局

捕捉，吸纳，刻划
把疼痛和沉重悬挂起来
时辰一到，明亮的时间
一只古老洪钟欣然鸣响
金属的呐喊波纹般荡开
响起久远的回声

落花有心，钟声清越
它们无法僵持，无法凝聚
片片旷世瞩目的惊艳
阵阵荡涤魂魄的呼喊
又说一次，再见
一年一次或许更久

楼顶露台

敞向天空的心扉
是一座建筑的情怀
接收来自宇宙的物体
雨雪、雷电、陨石
静观星移斗转
昼夜交替，亦真亦幻
仿佛人世的秘境
储藏记忆，又连接梦想

麻雀们在此探究很久
确认可以成为它们的领地
就在这里扎窝
安稳地住下来
夜晚时，它们会仰望天空吗
像健谈的人类一样
在白天仰望露台
说着不愿讲给别人的话

回　归

亲爱的姑娘
你，已在盼望一场雪吧
而我还念念不忘盛夏那次漂流
与寡言的野花为伴

它们是为你开的
为我向你说着
勿忘我——

僻静的阡陌
它们重数我们凝望的眼眸
接近，不断接近
故国山川

成为一把高擎的火炬
为我们说着
不必认定此生庸碌

我的夏天

春华秋实，总要历经一段夏雨
积蓄张力，爆发热烈
让金色的光阴
瀑布般倾泻
端午龙船调的浪花里
激扬一个人的豪情
浸泡她柔弱的诗心
晚风，吹过峰峦
眷眷心湖也翻波涌浪

夏天里的歌
浓绿婆娑，轻紫浮掠
果壳里饱满的情缘
等待最强一场暴风雨
披荆斩棘，澄清旷宇
如水月光下静听天籁
千万次地告别往昔
装上盛大季节的活力
眺望着来日

为明天沏一壶茶

你的一声问候
在漫长的深夜
如和煦晚风弥散

菊花茶的香气升起
我把泪水和故事留在今夜
我知道，明天的遇见
值得以眼眸痛饮
犹如童年的梦
青涩却清晰

茶中的菊花开了
每一朵都是我的小愿景
她们对我浅笑

这些生命里的宠物
丝丝暖意
寂灭三千烦恼
天空洁净无痕
星辰浩瀚无踪
又牵起了一袭青春白裙

1988年的毕业照

最茂盛的青春以此宣告
每个人的笑容凝固在胶片上
三十多年后，我们端详
触碰到的是什么

生命的色彩
从鹅黄、青绿，最后变成黑白
一次次离合聚散
永恒在上世纪的质地

含苞待放，结出正果
经历平庸，还是成就辉煌
新雪覆盖旧雪，冰川耸立
最初的意志已封冻

年代的释义渐渐遗失清晰度
纵然轻盈如羽，顾盼飞翔
也暗合最终结局
我们不得不——
一次次，从那时说起

印　记

深山里的雨水化作泉
说着从前的清澈，清澈的从前
那时的母亲
掬一捧，一饮而尽
又走向更密的丛林

我沿着母亲的路径，返回故乡
看见她的脚印开出的花朵
照亮我北方南方的预言
每一处记忆承载的回味
时隔多年后，还像巧遇

暮色渐浓下来
田野还躺在那里
孕育粮食，无边的沧桑
一截土墙也长出了好消息
同甘共苦的榕树如释重负

我爱母亲，也爱故乡
因为这是我身体的地理

其中的山川、洼地，自成气候
多少次转身后，依然笃定
倔强而执拗的一生

2022年7月14日重逢

——答德礼兄

放慢了脚步，才听见——
你的朗声笑语
即便从古越大地
跋涉而来
即便要穿越秦淮霓虹
层层光雾

赣江流水潺潺不息
鄱阳湖草色繁茂无边
滕王阁千年风华
遥望金陵春梦依稀

在大运河的西边
在江南另一隅
在你永远的故乡
有一片映山红
一直在等候——

草莓园

当你露出绯红的笑脸
人们就采集你周身的颜色
包装成幸福的样子

花、叶、果，簇簇精致心事
像个孩子，跌倒在泥里
却笑得满心欢喜

许多人慕名而来，奔赴节日
甜蜜而无邪，一座快乐宫殿
在这珍贵的人间

知道吗，你小小的花儿
已从深冬开到了初夏
果实的心，留在那个秋天

野菊花开在冬天

土地承受了过多的热
以及猝不及防的野火
河流失水，韶华创伤
还有很多植物殉道
秋天错误地养晦

我在等你吐露金黄
如夜行者路过万家灯火
告诉我，夏夜、秋风里
你的无边孤独与四顾茫然
深渊一样的黑暗

冬日清晨，你华丽盛开
与我梦中的场景瞬间呼应
时间的手臂，温柔
清纯地拍打着额际
搀扶了我的渴盼

你脱俗淡然的芳容
哪怕笑得再晚

也是我痴情的等待

流淌着的慢时光

把生命拉长，拉长

古韵一组

浪淘沙令

春绿一池清，暖了水陂。
东风竹影立斜阳，
不说那时鹧鸪闹，
怕惹神伤。

花黄叶飞扬，天地慈悲。
当年七月莲蓬长，
犹似故人相笑谈，
眼前时光。

七绝·夕颜

异色点点偏隅安，
深浅掩隐洒清欢。
若有知己曾相忆，
共携朝露觅夕颜。

七律·初夏夜感怀

随风静候光阴流，
窗前几枝树影稠。
即使飞萤亮星辰，
难教逝水返源头。
夜茶未邀月中仙，
荷塘飘散蛙声游。
半轮沉浮他日圆，
犹唱一曲海昏侯。

满江红·听蝉

消尽光华，转身处、偶傥如故？
宁守拙、不看绿蓝，只探朝阳。
静默至此双鬓玄，此中悲情枉奈何！
轻雀鸦、还道疏杂声，展清喉。

感暑凉，方进退。离别意，万千重。
留与他人说，枫露几许。
立足黄枝收薄翼，相交清欢为孤子。
虽淡然、恰好汇秋风，入阕歌。

第三辑

灵魂应答

静　待

玻璃幕墙透亮
看着车流滚滚
天天如此，毫无新意
上班族匆匆忙忙

透明的玻璃心
也会怀旧
记挂着硅矿的原乡
再也回不去

有那么多颜色的原野
有那么多气息的原野
酸的刺果，甜的野莓
虫儿聒噪，草儿生长

仿佛静止，仿佛重生
当影与光交汇
昨日，今天，明晨
等待就成了回望

今天是什么日子

传来祝福的歌声
也有失望的目光
多少感慨和叹息
不断重演
跌入夕阳中

恍惚中记忆成疴
总有一些相似的细节
不知哪项人事
在今天复活
或从此消失

假如能拉回那远去的日子
我定会仔细地
挑出其中温馨的场面
加上和美的情绪
再配以最心动的音乐
做成一张经典光盘

任凭风吹雨打

任凭容颜衰老

有这么一个今天

就心满意足

不再指望明天

看　见

——五月十一逢圩

从凌晨开始

劳作，向黎明延伸

接住第一缕阳光

熙熙攘攘

讨生活，或者养生

都是同样的现实法则

有人窃喜

有人落寞

斤斤计较，抑或忽略不计

在时间缝隙里看到

微光默默，过滤虚华

对众生一视同仁

瞬间，流年已远

让天空再大些，再蔚蓝些
告诉我所有真诚和挚爱
从田园回到田园
凝望是相思的模样
刻在彼此眼神里

云朵追赶落叶的轻柔
还可以再轻一些
聆听自己盛开的声音
开与闭，那么幸福的过程
瞬间，流年已远

今天的明喻

周边的山色凝重起来
江湖上已疯传归来者的信息
一直保持微笑的容颜
遵从自己的心
也期许温润他人的心

季节已完成了
从春到秋的繁衍
稻秸、豆秆、毛栗子壳
堆积在屋檐墙角
叙述事物之间的普遍联系

假设我的思想
一天天深刻起来
就像此时阳光穿透叶子
惊现最本质的脉络
坚硬而清晰
顺着客观规律延展

私　语

我要时时握紧
这自由奔放的野菊
一生爱慕你
隽永的淡雅

寒露风后
你将隐去吗

我准备了足够的纸张
叙述一寸寸的思恋
填满空虚时刻
直到来年秋日

情　景

烟雨氤氲适合相思
于是穿透初春的寒冷
打开旧时光
看你笑容历久弥新
听你话语意味悠长
群情欢欣
叙述半世情缘

最深的爱恋相望于咫尺
最长的思念是最远的距离
我的亲人，我的朋友
跟着昨夜第一声春雷
我们去寻找桃花
精彩地活着
自由地爱着

请握紧我的手，奔跑

很久了，我只有自己一双手
身心过于散漫
渴望有另一双手
牵引我奔向前面的风景

你瞧，樱花正酝酿
粉唇带雨的战栗
谁能拒绝这欢乐的蛊
顺便交换一些明亮的词

不需要节日的礼花
长发飘飘，掬一把阳光
就能绽开绚丽思想
一阕浓情站在诗歌的渡口

夜下，清泉
掀动墨痕的勇气
借你的影子修缮
过往意境

古码头的石碑

百年一遇的干旱
江水很浅，很清
现代人躬身屈膝
得以拾起这件文物
不，这件信物

拨开泥沙，铭文显露
当年的石碑
试图从岁月的骨头里喊出自己的名字
随即，一根线慢慢抽出
年代、事由、典故
情绪、意念、宗教
乃至整个流域的经济命脉
历史又一个环被系上

最初是江河静穆
后来是市井鼎沸
现在依然江河静穆

古浮桥

行人摩肩接踵
交流着悠闲和迷茫
两岸世象化作水光潋滟
揉进百般心绪
让人俯视星月和晴空

船儿们已停泊
装载，积淀，收藏
在这条河流的叙事中
人类的肉体疲惫又激烈
荡漾，荡漾

犹如千古以来相似的叹息
河风一直在吹
从桥这头，到那头
连接了时光的裂隙
你看，那只白鹭
宇宙间又划了一道轻盈弧线

君子之交

这是教诲，形而上的课堂
如果可以令人自我成长
那么还能注入一泓清泉
给浮躁的大地

绿皮火车载着有关真情的东西
早已从身边呼啸而过
一座座人心堡垒之外
孤独者，不动声色

所谓君子，屈指可数
他们远离人群，恪守真实的友谊
当真诚对真诚窃窃私语
不知所措的现实，故作镇定

冬 至

他乡最冷的夜
孤雪飘零，万千回眸
多想做你的影
沿着铺雪的山路走向那棵老枫树

粗柴棍烧起旺火
邻家阿娘开始蒸米做酒
通红的灶膛，闪闪亮光
生出意志的线
为一个家族编织理想
延续活着的温润

最初的雪和最后的雪
是两块界碑
米酒在中间酿成了
成为物质和精神的结合体

老樟树

孤零零，站在这里
多少次变迁，一直在老地方
当年树下玩耍的人也老了
有时会找到这里看看
只是看看

偶尔有一两片绿叶或黄叶
从时间的缝隙里
落下

小路，禾坪，夏夜
蒲扇，酽茶，煮毛豆
夹杂着一贯的咳嗽声

剩下的，习习烟雨
来自五月枇杷
来自此刻的倾听与追忆

窗　口

悬着一颗心
睁着一双眼

那个出走多年的人
来不及带走的东西
在屋内纠缠不清
以沉默告终

窗外，万物亘古悲欢
天空与河流，道路
永不叛逆
一切以树的年轮为记

关窗，始于抵挡
开窗，因为孤独

黑白照片

城市流行仿古
但能有几个调色之人
觅得天机
止笔于绚烂

浮光掠影之后
只剩夜与昼
凝固洪荒的安宁

黑，紧挨着白
亲密无间
最简单的相依
笑看万紫千红

禅　意

从稚嫩、成长到成熟
周围都是徜徉的歌
只要略高一筹，就能眺望

初生的执着，是一双慧眼
洞察又清醒，热情又淡泊
不息的路是探求

荷塘，荷塘
轻舞梦幻般的禅意
在每个满月的晚上

又见花园

城里人需要闲情逸致
需要治愈，恋爱的安放地
移来紫罗兰、悬铃木、加拿列海枣
时间消散在这里
据说还能删除一些暗疾

花园被养护得很好
在这里，充满预期

而我的乡村
四季都是免费的愉悦
不必说开花、结籽的瓜果
生生不息的青草
织成一幕一幕的骊歌

她们一棵靠着一棵
拥挤地相爱
匍匐在最低处
把天空推得又高又远

每次经过城里花园
视野之内，想象之外
都有另一片向阳坡地
青草挂着露珠
随我简单地快乐

听风（组诗）

听风

花依偎着光
路伴随着心
季候风载着某个
满怀倾诉的人

徐徐向前
徐徐向前
这就足够了
一直在行程中
自由就给予新的愿望

玉玲珑

你裹着冰雪
与世做短暂的隔绝
寒风也停歇
等到一个清晨
你姹紫嫣红归来

宏大与微小

在独行者、逆行者脚下
蜿蜒万里风骨
不屈的意志和勇气
力挽狂澜，战无不胜

溪流潺潺

从腊月寒梅望到丹桂飘香
几番尘埃落定
有一段水陂留存
还唱着那首无字的歌

恍惚

依稀还是新年的样子
顺着风，知遇而安
我接受
命运安排的所有
如日月流转，星云变幻
鲜花渐盛
它不会落下每个角落

静物

满罐中药粉剂

馥郁芳香
养颜美容
饱含母亲的心愿

窗边一丛青翠
村野气息犹在
俯瞰市井芸芸
幡然不语

想起你

好久没有联系
彼此的沉默各有原因
离别后的故事
附着了太多太多藤蔓
我们都不知道
从何说起

暗香

喧嚣之外的一处芳泽
接纳了生活的原矿
淬火，冶炼
暗示，预兆
读到这里
总有一线光芒

雪　花

天空的一腔血液
如此纯洁，如此舒展
分明是芳菲的羽毛
冷凝，却柔情
蹑手蹑脚，推开黑夜帘幕
破解了禁锢良久的冰心
纷纷扬扬

遥遥而来的花影
洁白的乐符，奏出冬天的点点滴滴
幻化出曼妙的羽状抒情
这场声势浩大的演出
是季节更替的隆重仪式
我们，已原谅昨天
一只脚踏进春的边沿

应　答

很多假日时光
城里人走进山野
在山坡寻寻觅觅
又翻遍溪谷
他们久久仰望着峰峦叠嶂
极力想象里面隐藏的箴言

石头、野草们来到城市
静立于雅致厅堂、书桌
淡然凝视着
平安入睡的城里人
开始沉入思索
回想故土

新　年

你沐浴着阳光
金色的冬日阳光
把世界温柔相待

欣然抛却
喧闹人群，虚华过往
重组时间，开始预示

在章江边　在贡江边
在世纪钟塔上
好像踌躇满志、心怀理想的样子

一座城被赋予英雄气质

英雄城

有座纪念碑

就足够了

英雄沉默着

把辉煌往事

装进瓦罐

慢火炖熬

英雄俯视大地

洞悉万物

心生慰藉

于是　借冬季一场冻雨

发动了冰的起义

再现经典

南方，王的城池

2016年3月2日，江西南昌汉代海昏侯国考古成果发布。
——题记

纷纷扬扬塞北的雪
跟随昌邑王一个趔趄
过黄河一路向南
訇然中开又一座王城

那些黄金制品，饱满而沉重
那些雕梁画栋，瑰丽而神秘
王侯的威仪紧咬着牙关
两千年太短
藏不住阴谋　宫斗　血光
厚土也掩埋不了一个男人的魂灵

有那么一瞬间
仿佛看见你迷蒙的眼
是游子
还是归人

长安快驿马蹄疾

一纸诏书斩断因缘

即便贵为皇室后裔

也不得不终生向北跪拜

悲欢离合　千金散乱

海昏国与昌邑故地遥相望

鸿雁回首处

解开一场轮回

追逐桃花流水

比想象更加清晰

梅雨氤氲，钟磬悠扬

海昏侯斜卧榻上

手执竹简轻声吟诵

一曲终了

只听一声

——拿酒来

百年俯首

—— 百年来震撼人类灵魂的15张新闻照片观感

生与死的彼岸
狭窄、窒息、冷酷
人类的躯体，寸寸苍白失血
秃鹰、枯草、苍蝇和腐败
惊悸、震撼
淹没一切临终祈求

慈悲的土地啊
一样饥饿难忍
吞噬累累白骨
埋葬愚昧、战争、天灾、人祸
人类灵魂高居群峦之顶
却填不满道道沟谷和皱纹

不断消失的生命
让地球的指尖瑟瑟颤动
悲恸和哭泣，被甩打在海滩
母亲伤心欲绝，父亲束手无策
对死亡的接近，偶尔带一丝嘲讽

造就佛祖的金字塔

手持相机的人，可以自由往返
告诉我们苦难的聚集和奔泻
以良知，以肃穆，以尊重
揭示人类文明的现状
然后，和我们肩并肩，等待月光
等待皎洁，从发际奢侈地流下

第四辑

谷雨情怀

春·谷·雨

种子说：下吧，下吧，
我要发芽
这早已淡忘的童谣
我想起了它
在今夜里

雨是春天最深厚的景致
曾触动了多少文人的浪漫情思
而如今的我
在这样的雨夜里
不太想得到风、花、雪、月的事
眼前常浮现的是
一颗谷子现实的生命过程
发芽，长高，抽穗，结实，成熟
最后变成一粒米饭

在春和雨之间
我加上了谷子
这不仅是我一时的奇想
更有一位名人的诗句作证

春雨的节日又多了一个诗意的名字

——谷雨

相聚在春三月

立春　春分
雨水　清明
催生绿叶与花蕾的日子
鲜亮地一个个跃出
大自然的预言
从远处的缝隙间长出
漫步于旷野

有一种激情
酝酿在回暖的大地
有一种向往
萦绕在纯纯的眼里
有一种挚爱
印证在候鸟归来的路上
今天的相聚
徜徉在你我心头又一年

我来了，你来了
他也来了
我们践约而来

握紧的手
还能感到去年的余温

我们还去看看稻田吧
闻一闻泥土的芳香
听一听稻苗的轻吟
在梦的故乡
留下你我的足迹

也许还能看见母亲播种
再次陶醉于这经典的姿势
也许还能看见田边休息的父亲
从他守望的目光中
感受执着与永恒

那么我们索性做个农人
荷一把智慧的锄头
在南方的稻田
北方的麦地
在所有出产粮食的土地上
挖掘清新　隽永
寻觅幸福　安详
建造心中的花园

相聚春三月

这是我们生活的表达

岁岁三月春

承载了我们眷恋的

全部心语

追梦的我们，浅笑如初

无数个愿景

汇成中国梦，款款而来

群芳竞妍，雨露润泽

织出漫天的抒情

幸福密码

正蹑脚走过万千巷陌

铸犁为剑，铸剑为犁

这线索贯穿青史之册

关于农民、土地与社会、文明

关于理想、实践与传承、超越

背景永远是辽阔的绿色土地

绿，一次次擦亮双眼

柔，一次次抚平苦累

倚着属于我的这片帆影

把呼吸、泪水、欢笑、爱恋

融进探寻的航程

我沉静的心

只为大海的涛声而悸动

刻骨铭心地读你

在每一个意境中升华主题

更加紧迫地操练

迎候芙蓉出水的生动鲜活

迎候凤凰涅槃的重生境界

行走愈久，懂你愈深

心中的解语花

渐渐诗意舒展，丰韵婆娑

明天更宽广的舞台

源于生命内核里的奔放

血，要沸腾，胸襟激荡

剑，要搏击，长空出鞘

让今生的使命在晨昏中回响

漫漫之旅，载晴携雨

此岸是承受，也是修为

彼岸是未来，也是曾经

春的稻苗依然柔婉

秋的高粱依然耿直

我们，一遍又一遍

心疼地握紧这把泥土

体会它的真切和厚重

一方水土一方情

满载青山的嘱咐
容纳红土的寄托
一路奔流而来
章江，与贡水
相拥于赣州

舒缓间
铺展成母亲河的情怀
赣江之波，灵动连绵
闪耀着无数辞章华彩
赣江之源，静谧深沉
积淀了多少精神厚土

赣州老表
传承千年客家风范
把激情和才华根植于这片家园
那满仓的金黄
延伸成永恒的四季情歌——

禾苗染绿田园，染绿希望

稻花散发泥土芬芳

稻香飘飞沃野三千

稻浪翻涌海的壮观

稻的甜

便是最深的慰藉

土地·粮食·城市

爷爷一翻开农历
民谣便缓缓升起
他用粗糙的双手
把炊烟中的农事
小心地养大

当田野泛起金黄
那丰收的声音
似乎就是从爷爷的手中
掠过村庄、河流
来到城市的大街小巷
告诉我们这喜讯

端详一幅秋景图
宛如向往的从容淡定
也知道，广袤土地上
小麦　稻谷　玉米　大豆
蓬勃鲜活　欢腾跳跃
演绎着生动情结

无论暖凉　起伏　绚烂　深沉
城市与土地
就像我与爷爷
倾心相望　彼此祈祷

起步于土地的诺言
赶往城市——兑现
踏不完纵横巷陌
阅不尽千古风雅
乡村在秋天里收获
城市在收获中满足

九万里田野

我喜爱的人们
一直在田野上歌唱
颗颗滑落的汗珠里
浸泡着日思夜想的故乡

九万里田野
把深埋在泥土的岁月浓缩
凝成一朵朵洁白的冰花
冰的质地里
道出坚贞如一的执着
冰的晶莹里
封存着最美的人间真情
让人回味一辈子

九万里田野
泪光盈盈
回望身后
山川一遍遍重塑灵魂的丰满
河流不停梳理思想的纹路
那四季勤奋刻苦的庄稼

吐露出满地的稻谷玉米、大豆菜籽
让人幸福一辈子

粒粒金灿灿的粮食啊
从来没有被遗落
它镶嵌在黑色头发的祖国
观照着千年的骨气和血脉
从九万里绵长的地平线上
托起九万里阳光
催开九万里鲜花
成全九万里富足

而后
让人牵挂几辈子

金色畅想

金色
使人想到时下装潢最富丽的色彩
而我们这里的金色
是粮食
稻谷或玉米的颜色
它没有那层亮色
其实，更接近于泥土的黄色

金色
使人想到黄金的色泽
古代帝王的御用色
而我们这里的金色
它没有那么招摇和霸气
粮食来到餐桌上
人们只看到米饭是白的、面粉是白的
我们的金色
就是这么平凡　本分

金色，让我们想到阳光
大自然把它与雨露一起

馈赠给了土地

而粮食不会忘恩

果实上保存了泥土的黄色

和阳光的灿烂

调出粮食人的标志色

也是粮食人的吉祥色

城市的喧嚣和光怪陆离中

我心如止水

只因钟情于一种颜色

——我们这里的金色

等待这一场谷雨

这场雨
朴实得不说话
先把心意随风传送

大伯栽种秧苗的指缝
表嫂翻晒清明茶的掌间
婶婶采摘香艾的欢喜中
妹仔捡拾草菇的笑靥里
飘出缕缕清音
仿佛一场盛大交响的序曲
借春色涌动
释放所有人的美好向往
愿景渐渐发亮　升腾

即将下一场更加润泽的雨
柔顺　充盈　弥漫
重温石斧与陶瓷的历史
涠过城乡繁华往事
开始专注田园
滴滴润心，涓涓入怀

把粮食人的梦想
抚得温热　圆润
眼里已堆垛秋的幸福

必定是一场更加激越的雨
倾斜　汇纳　奔放
簇拥着一个国度的新蓝图
一群忠诚卫士
千万座大国粮仓
把这首稼穑农事的古老歌谣
一遍遍精心演绎

刚出库的谷子们
兴冲冲地流成金色的河
与我们一起
望向大地上年轻的稻麦
年年岁岁，山高水长
谷雨扬起青青橄榄枝
带我们飞着、爱着、恋着
永不败的青春

寂静中走过你的心

人间悲欢

飞舞于凄风冷雨

所有眼睛寻找辽阔

试图撕开这压抑的天空

放弃杂念，远离虚荣

时间消融了

滤出生命最真实的底色

是你，谷子

又一次引领我无处皈依的灵魂

这些日子

只需静默，只要隐忍

关闭门窗，燃起炉火

卸下装饰与修辞

洗手，净心

多么圣洁的仪式

——亲爱的谷子

我用无声的呼唤

阅过你前世今生

亿万年的沧桑

短如一句哲人的话

当你与山河并立史册

一刹那

就把古朴深沉化为庄严伟岸

映照一个国度的版图

无数个瞬间铸就永恒

久远的积蓄终会惊艳四方

在这宏大的肃静中

蝙蝠已回归森林

蜜蜂开始酝酿全人类的甜蜜

抚摸冬去春来的过程

已听到你故土下的萌动

一粒一粒的从容

连绵成海的浩瀚与瑰丽

满仓的谷子　　请原谅我

来不及与你们道别

请允许我以注目礼遥相祝福

——一切安好

流连·谷歌

在地底下静静蛰伏的时候
深土中慢慢萌芽的时候
接受雨露爱抚的时候
孕育新生命的时候
无数音符在我体内跳跃
今晚，我让它们流淌出来
为了献给母亲一曲清唱
为了临行前的道别

我原本没有属于自己的秉性
春华秋实，日月辉映
我顿悟了人类的全部思想
长成一位风情万种的姑娘

我看过轻风和鸟儿的舞蹈
田埂和脚步的交往
不小心，窥见了两朵莲花相爱的秘密
无意间，欣赏了城里人踏青送来的流行歌曲
我把长辈的叮咛和小妹的天真深埋心底
在四季风中摇曳

让有心人找到温柔、善良、亲情的想象

我从未停歇过生长
遍野金黄，汹涌稻浪，醇香久远
那是对天、地、人的报答
我内心的晶莹里
镌刻下青春的律动
我稻芒的尖端上
凝结着生命的灵性
爱的回溯与情感升华
积蓄在我的脉脉中

夕阳下，绯红漫天
村庄、田野、山岗、池塘
茎秆、枝叶、花朵、果实
请记住此刻我通透的美艳
明早，我就像这般模样
身披一袭红衣
带着回忆装成的嫁奁
镰光翻飞中踏上前程
——那时，你们还没睡醒

啊，母亲
我深深地、深深地弯下腰
贴近您的胸膛

今夜，我要依偎在您怀中

枕着熟悉的气息

再做一个女儿的好梦

一株稻，在夜风里奔放（组诗）

相约

你如期而至
这片夜，便熟了
一种忘却退回生活本真
一种安详嵌进思想深处
疲惫、落寞被你捉住
调和着时光
挥下那些凡尘
月色轻启
你会心一笑
掀开绿了又绿的稻浪

回眸

远方田野
折起来，却放不下
但目光越过沧海
探问这似曾离散的乡愁
油菜开花，稻子抽穗
玉米拔节，小麦灌浆

一犁一耙，声息相唤
枝枝叶叶，纯情无边
父老乡亲把日子扛在肩上
丰盈了村庄的流年

修炼

多想，你还原成谷粒
谷粒们回到仓房
库区迎来新一轮重逢
除杂，褪下层层心思
粮面铺就圣洁银河
你朴素转身
与世作暂且的隔绝
沉默，或者隐忍
用15℃恒温酝酿
另一程山水

读你

疼痛，并快乐
坚硬而柔软
你的深爱蜿蜒成清流
滋养我毕生的勇气
这颗心哪
在水为舟，在山为泉

一点点儿擦亮黑夜

大地的拾穗者

弯腰于每一个细小的感动

顶礼，直到天荒地老

诗意

循着你提起的韵脚

谷雨里飘逸灵感

情结过处，栖落一段段留白

又把你种在田间

描摹四季的写意

接下未经践踏的风景和词语

从声声慢，翻唱到醉花阴

人间最优雅的放纵

让你的稻香，顺利抵达

一纸墨香

站在春天的庄稼地

春天的庄稼，汹涌激荡
扶摇晴空，向上，向上
无限释放高傲欲望
他们唱着勇毅之歌
走过青铜深埋的土地
走过发源农耕的旷野
走过枭雄争霸的中原
走过先民城堡、客家围屋
走过琴瑟陋室、山川故园

自由的绿，豪放的绿
排山倒海的仪仗
绿色的骨头铮铮作响
风霜雷电是盐，是酒
把每块筋骨越敲越坚韧
当秋收的号令响起
他们就用自己的金色皇冠
给自己加冕为王
一年重整一个新山河

捧起这把稻谷——
春天的庄稼留下的种子
此刻，适合品读
崖画、甲骨文、竹简、线装书
桃花溪畔孔子与老子的预言
汉唐盛世钟声鼎沸
江南渔樵互答，北方群鸟朝凤
神明护佑的国度，追随犁铧
奉献稻黍稷麦菽，棉麻油丝茶
叙述和平、正义、爱与美

千万座大国粮仓，更适合朗诵
因为她承载着远古以来的铿锵
二十四史历尽劫难
壮士悲歌，长虹泣血
金戈铁马，旌旗猎猎
五千年容颜不老
归来仍是风华正茂

听，拔节声传来
春天的庄稼留下的种子
即将源源不断地
从粮堆里生出根来

稻谷来自南方

我想起它们

稻香就渐渐散发，南方

那一张张小脸簇拥着

忠心耿耿集合在仓房中

时间定格了，南方

穿过表皮深入腹白

直到最细嫩的胚芽

它们乖巧的样子

是我轮回中的爱，南方

稻谷来自南方的仙人洞

可以想象一万两千年前先民们

驯化野生稻时的青涩

然后开始进化

从荆棘深处开辟田园

沼泽尽头启蒙文明

这些稻谷，曾在你手中流转

温热的经验，南方

它们像秋天般金碧辉煌

如此的光芒中不需铺垫
表达我的感恩
而它们平静如初
自顾自地朴素、深情
牵住我的目光和劳动
一生

一粒谷子就是一种选择
那么多风，那么多雨
那么长的跋涉啊
山重水复后与你相逢
受你掬捧，有你呵护
青春也一起熟透了

临终的稻苗

仓库边一棵稻苗，刚刚抽穗的枝条，无力地搭在地上。

哦，它的茎被折断，叶子已经失水，即将死去了。

去年冬天，稻谷入库的时候，它从输送机上跌落，滚进了仓库边的阴沟。沟内少量的泥土挽留了它，于是它在这沟里生根、发芽，朝着一线亮光，尽情吸吮雨露、阳光，从水泥盖板的细缝冲出。万般艰难中，结出这一穗果实。

它的生长违背了季节规律，离开了土壤的滋养、农民的呵护，它的果实是熟不了的，即使没有那场大风。

可是，比起在阴沟里腐烂，它已经百分百地努力了。虽然遗留残缺，过程却永远美丽。我蹲下来，以一颗稻谷的悲痛向它致意。

一丝淡淡的芳香传来。

这是它的语言吗？

临终的稻苗在说什么呢？

我想变成一种气味，把我的致意传递给它，并试图翻译它的语言。

可是，昨夜一场大风吹断了它的茎。

——这大概就是它的全部身世。

它向这个世界述说的，只是一种气味，一种人无法破译的稻谷语言。

我把它轻轻提起，埋在墙边树下的土里。也许它会与谷子们重逢在大地的怀抱。

沉醉在这片土地上

——致婺源兄弟姐妹

仿佛是梦境

绚烂的色彩　变幻的线条

记忆的闸门打开

这片土地怎么　怎么

如此让我陶醉

哦，原来是粮食，是稻谷

或者说是朋友您

面前的一颗饭粒

把朴实　隽永　耿直　豪放

牢牢地根植在赣东北人的性情里

造就了伟岸　睿智的男人

和娟秀　伶俐的女人

远古与时世之间

要磨砺风沙的冲撞

现实与梦幻之间

要经历时间的变奏

正如此刻的我

在您面前，这样天真无畏

抛去的是

多少年心灵的阴云　暗流

迎来了满怀的阳光

在你的流水里

在你的流水里
放逐我的心
穿透灵魂的和弦
相濡以沫
润泽无声

粮堆安放在仓房摇篮
手温磨尽粮耙的铅华
日子单调而繁复
还掺杂些铁器的生硬
流水，吸纳五湖四海的新鲜
消融了现实的庸常
慰藉我们执着的梦

行走的粮食
拴在战士的腰带上
系在祖辈的嘴角边
蹚过刀山烽火
历经代代耕作
与我们一路奔流

血脉相融，彼此聆听

托着诗稿的粮食
用柔韧枝叶承受一切风霜
向水而生，繁衍不息
把愿景根植于大地
季季丰收照亮田野
绵绵醇香温暖人间

生命激情随波跌宕
缱绻恋歌余韵悠长

清澈明净，蕴含至诚至性
上善若水，诠释东方智慧
积蓄中提升高度
默默中耸立庄严
跨越时空的主旋律
雄浑而隽永

一回首
已是千山万壑
只把你的名字喊到心痛

——"我也爱你"
一定有无数人

在水一方
早已泣不成声地
回应

你如此沉静

你仿佛忘记了
或者典藏了
为你跳动的舞蹈
为你吟诵的赞歌
为你书写的华章

你是如此沉静
我喜欢
因为我也是寡言的

磨坏的犁
生锈的耙
废弃的旧手套
还守在墙角
一脸的谦恭

同样柔韧的秉性
同样内敛的胸怀
以沉默的姿态
叩谢亲友

将身心交付

当我们相视无语
望见的是田野　是稻香
是老农　是秋收
还有祖国宽厚的笑容里
托起的使命荣光

怎样的机缘
怎样的爱恋
翻过这如山的缄默
把满仓颗颗粒粒
化作我青春的点点滴滴

一杯时间酿就的谷烧
如何装下风霜雨雪　冬去春来
等一个夜晚
被谁心疼地含在嘴里
细细品味

于是
想起一颗谷子的名字
轻轻
怀念她酸甜苦辣的一生

我们的诗

它生有翠绿春天

柳丝摇摆，呼唤远去的乡音

杏花轻扬，如前世留恋的回眸

排排仓房，已站成雕塑，凝刻着你我青春印象

生根的爱，扩展得晴空万里

日子在笔尖流淌，淡定，清新

游离的思绪，夜夜回归这片安详

从粮堆升起纤细枝丫，挂满生活的段落

几番泪洒案头，几番梦断残句

痴心辗转，化解千般纠结、万种情愫

记录下每一次伤，每一次暖

起落之间，闪亮点滴光芒

消融着现实的冷，慰藉了虚华的梦

徜徉于谷雨时分

从你，到我，到我们

中间，是一尘不染的分行

周杰伦也唱《稻香》

可他不知稻芒这么尖，粮耙这么重

不用解释，那一脸汗水，浑身疲惫
有关稻谷的一切，也许深邃，也许简单

行走的粮食
遥遥迢迢，来到我们的诗页里
剥开它的坚硬外壳，就是那么一点点胚
却繁衍了人类文明，繁衍了生生不息的信念
而它，永远缄默，只揽紧一抔土壤
把我们托向幸福云端
任诗魂自由飞舞，热烈，酣畅
俯瞰平凡的人生，一路芬芳

犹江，等到一颗归心（组诗）

一

村口大榕树走出来
拾起被撂荒的角角落落
默默地圆满时间的华盖
而十二万亩的林地
透过重峦叠嶂
喷薄出风声、鸟鸣、花语
以及有关乡村的所有细节
他们依水而生
骨骼坚硬，血脉活络

二

二月，比艾叶还青
阳明湖千年的波光里
游子们找到自己
帆影、船桨、小石鱼，曾是他们的快乐
那些渔网，在爷爷手中补了又补
像泥土一遍遍叙述农耕

风是如此亲切

挽着我下村串户，探寻

一座古村承受过的爱恨情缘

三

多么熟悉，最初的家园

我终于溯源而来

脚下是丰厚的土地

粮食的故乡，唤醒我

内心的仁爱和愉悦

朝霞、夕阳、月色、炉火

还有路旁幽兰

亘古的姿态，流淌着思想之光

揭示和见证生命的意义

四

你在左，我在右

中间有龙门

就是这里了

与这方土地的子民一起，选择富有

追求幸福的人们

把春天推向繁茂

无论仰视，还是俯瞰

宏伟的事物都在发生

一条犹江因此潮起云涌

五

喜庆锣鼓浸入十里渔歌
一象九狮一麒麟，蓄势待发
沿竹坑茗禾葛坳背一路
几只白鹭掠向远处
舒展开无垠的稻田
采茶调再次悠悠唱起
目送子孙们走出大山
爷爷把自己打磨成老祠堂屋顶的瓦当
守望归途，静候佳音

夏季到来之前

薄膜覆盖了
门窗密闭了
一座粮仓沉默了
只有我，还在说着话

春季的最后几天
再翻阅每一颗谷子
和温柔的阳光
收拾起春意盎然之类的句子

一个春天的冷暖
从浅到深，染红一群笑脸
历经储粮人的心
又照亮遍地

感谢春天里每个日子
被温润的空气推着
男人的脚步，女人的脚步
紧跟上季节变换的节奏
一只脚迈进夏的线索

另一只脚，却拔不出
深陷在春的软语

春晨短笛

一粒谷子，从车上滚落泥土，啜饮了一夜的雨水。

紫薇叶尖上坠下一滴露珠，打中了它。它猛然苏醒，透过草丛缝隙，惊奇地望着这片陌生的世界。

阵阵叽叽喳喳鸟鸣声，从旁边榕树上传来。几百上千只雀儿在浓密枝叶间欢叫、跳跃。它们从远处衔来团团晨雾和颗颗露珠，把这棵榕树装扮成家族的圣殿。

杨梅树借着风力，频频向这边张望。看到枇杷树已缀上星星点点的小果，它轻轻地鼓掌，向枇杷树恭喜。一阵战栗，自树梢划过，它低下了头，又一次陷入感伤的心事里。它只是暗恋着枇杷树……

一排棕榈树，和小花园里的蒲葵遥遥相对。蒲葵使劲挥着大叶片，层叠的扇动拽不住纤长叶须的飘飞。每天，从第一缕晨光开始显露，蒲葵就这样跳着娟秀的舞蹈，向挺拔的棕榈树——它的远房表哥致意。

月季正在萌发新叶，茶花还在含苞。杜鹃，第一个绽开了灿烂的笑妍！你，一定是杜鹃鸟幻化，痴情的精灵托生于花的容颜！不死鸟穿越古诗词的时空，从日夜啼血的梦魇中涅槃，重生在这片丰实家园。

谷子目睹了鸟儿王国的欢乐，偷听了风与树梢的交谈，窥见了杨梅树的秘密。它一阵窃喜，爆裂了心花，向阳光伸出了手臂。

我们从仓房走来

无数次
我踏上粮库的大道
路边的仓房，再熟悉不过
——我知道仓与仓相隔几步路

无数次
我打扫仓房的周围
两旁的月桂，再熟悉不过
——我知道它们又发了几片新芽

无数次
我把粮面扒了又扒
让它平整如镜
我抚摸着粒粒稻谷
如同面对可爱的孩子们
——在时空的磨合中
我们与谷子，结成了无言的默契

日复一日，年复一年
岁月，培养出一群舞者

宽阔的薄膜，是前台的帷幕

铁锹　扫帚　抹布

变成了道具

因为有智慧，舞步更灵巧

因为有热情，舞姿更动人

粒粒粮情　无比牵挂

家园厚土　无限留恋

天下粮仓　无上荣光

当我们拥有农人一般的情怀

便希望于春天的耕耘

等待着秋收的喜悦

在冬季，把希望的种子精心储藏

心的家园

我住在城区
享受着都市文明
追赶着消费时尚
一切的新奇
刺激着我的感官

但是城市霓虹的光怪陆离
时时让我视觉疲劳
钢筋水泥森林，最易冲撞心绪
纵然一身挂满时髦的零件
心，却很难逃离虚浮的空洞

幸好，我拥有一片家园
我的粮库，远离城市喧嚣
坐落在河那边的郊区

绿色，牵引着视线无限释放
田野风，吹拂着思想尽情舒展
四周连绵田地，演绎着春华秋实
农人的身影

诉说着二十四节气的故事

山有魂，水有灵
大地对种子有厚爱
绿叶对根有情义

都市红尘中，留下我生活的足迹
家园净土里，心灵航程
坐标永远清晰
关于朴素　真实　执着
忠贞　尊严　高贵

仓房之上，安放我的月亮

素色经年，绩茧为庐，与一棵稻相守于人间。

——题记

不只是春天
不只是清晨
你给予我的思想
对生命最朴素的认知
良善，信任，尊严，坚守
始于一棵稻的栉风沐雨

一声呼唤，推开深远记忆
将刻骨铭心的历程，倾诉
——从种子发芽探出泥土
——从收割时节镰影翻飞
——从晒场扬起的谷之舞
——从一碗米的风光

谷粒们纷纷复活、奔跑
痴情于光波浸润的祥和

高大平房仓，列队肃立
散落片言碎语
摇曳着岁月的风铃
娓娓道来

那缕来自故乡的炊烟
在哪里停留　哪里就有
如火如荼的粮库故事

男人在扦样器和输送机里行走
饱吸意志和厚重
女人撷取谷子单纯的心思
修养自己的青春容颜
那个最年轻的姑娘
也收获了如意的爱情

春潮汹涌，秋染金黄
谷风霍霍，机声隆隆
眷眷亲情，稻香悠长
这是永恒的背景
是生动的情节
是无声的感召

守着花开
守着我的月亮

一道道温暖的目光
一张张虔诚的笑脸
依旧是你最初见到的模样

第五辑

流年淳厚

那些时光碎片

灵魂，迈不过青藏高原。
——题记

我终于定居南方
而熟识的麦子和土豆
还虔诚地生长在湟水两岸

春天开河时冰凌汹涌
扔向房顶的三颗下牙
隔壁马家的梨树有一年没结果子
摘下山坡上鲜红欲滴的野枸杞
穿成一串项链

母亲用力按实一缸腌白菜
把那块扁圆石头压在上面
直起腰
长舒一口气

稻香北望　黍麦青青
竹风纤纤　杏雨涟涟

注定的伏笔渐次绽放

江南便与我的西北相见了

它们握手言欢

中间省略很多情节

正是暗喻

只需要北方的山

江南的水

冷峻与柔和

渡我一生

（入选《2018江西诗歌年选》）

恍若异域

灵魂，迈不过青藏高原。

——题记

一个回族女孩　也叫索菲亚

年龄与我相仿　很早就戴起面纱

一双幽黑大眼睛　藏着好女孩的温顺

那天清真寺晨祷声中　她出嫁了

幕布在闭合　又像是开启

我还认识一匹马

来自白崖脑山藏区

每当沙枣花飘香时节

某天它就会出现在院子里

八九个孩子围着赞叹它

华丽的堆绣鞍垫与威风凛凛

它的女主人健壮又健谈

脸上两朵高原红格外动人

说笑间　把大袋新鲜豌豆荚

分送给各家

我吃着喷香的煮豆荚

觉得她像个攻城掠寨的女侠客

时间匍匐　我已远离

再也等不到　她们的心情

经过我的诗行

但我知道

她们一直在自己的日子里

歌唱

一根思索的线在青藏高原

轻轻怜爱　默默祈福

这番异域气息

冰封一缕纯洁的呼吸

绝世独立　恰如经典

旧鼠笼

传说中的那只大老鼠
窸窸窣窣
一阵暗语

叫醒那年腊月
封藏一坛米酒
几串菜干在寒风中徘徊

墙角成堆的芋头红薯
欢聚成群
还隐约发出绿芽

小心挂上油豆腐
悬起的鼠夹里
装着甘苦参半的童年

陶　壶

算不上文物吧，却也老旧
乡下有处废弃土屋墙角
我一眼就看中了它
周身粗陋，但自带异彩

斟酒，或是泡茶
旧主人从日子里挑出精华
把玩，品味
无法还原的老故事

祖辈肩上的阳光落在泥土里
坚硬的塑像成型
到如今，此刻
它已经洞察世俗

日夜伴随身旁
感性如出一脉
对酒，长歌当哭
烹茶，寄寓人生

传说中的天堂

播种的人将一茬茬思想
整饬得条理有序
生命的温床里
划上或深或浅的刻痕
进入一条狭长的道路
传说，这条路通往天堂
而天堂，离清明很近

远古篝火，祖先们载歌载舞
祈求平安，避灾免祸
燃烧的青烟飘向苍穹
尽头
就是众神居住的天堂

父辈们从清晨出发
历经多少黑暗
姿势已笨拙
目光却如炬，恍若那堆篝火
他们摸着自己的皱纹
要吃苦才去得了天堂
悠悠神色，一个夜快如千年

挚　友

记忆在幽暗中璀璨
在风里成长
爬上一座一座念想
老友，你一颦一笑
交谈的温度

初春艳阳高照
又是茁壮的一段光阴
草根与土壤地下缠绵
我已卸下，分别这些年沉积的疴
准备和蒲公英一起飞翔

三十年辗转无数个路口
彷徨身影寄存于路旁老树
毅然成行
为着共同的约定
任由岁月薄凉

昨夜你不再失眠了吧
我为你设置的梦境

是否如意而甜蜜

窗外

三月已揭开页眉

武　魂

凝气安神，力量在筋脉中呐喊
细微真气汇入丹田
浑厚中，吸收中，融合中
漆黑的旋涡极速旋转

每一处修炼之地
皆是树木参天，遮天蔽日
重重妖孽代表魔力屏障
千姿百态的灵物，奇绝瑰丽蕴藏杀机
刀光拳影，玄妙剑意
万般苦难方能隐化修为

领悟，心法，武技
岔道竞相转折
追风逐日，吞噬虚象沉浮
层层抗争升腾恢宏实力

精力暴涨武魂觉醒
锋锐降临，刺痛眼眸
搅动风云极致施展
狂澜横扫，轻风携雨

遁入凡尘传音化线
孤独者的足音，幽幽回荡

肉身、气息、意志
险象丛生诡异惊诧
一道道关卡层级
引导不屈武魂屹立于天地宏域

良善、真情、救赎
推举出卓越的逆天战力
人阶、地阶、天阶
护佑宗族到国家至人类
绝代神主从巅峰境界退出
毅然走向人间

归心如草

路旁、河边、山野，不断迁徙
终于占领这一丘稻田
迎风低语　翘首期盼
一朵，两朵，千万朵
哪怕春分后即被翻埋
也奋力顶起自封的皇冠

你一直在等着，念着
我，城里面最心疼你的人
唤你一声，炊尼草——
又喊你一声，黄花艾——
刚刚，村里最老的婆婆告诉我
她叫你禾月子

松林的初冬

这片松林缓坡而上，自成风物
海拔略略超过凡俗生活
人声嘈杂的大地上
它是一小块孤独而顽强的固体

一场突如其来的大火
烧掉了各种不好
松林变得清秀，通透
宛如青春年华

已经冬天了
松树们还挂着细长的叶子
分明还有一点绿意
我不禁扣紧了更上一粒扣子

觉得这样，才配得上
松林的矜持和严谨
让我内心的原则
更加深刻、分明

昂扬，在季节的旋律中

一

一场冻雨铺天而至。

以雨的形式倾落，用冰的无情冻结。

比雨更狂暴，比冰还寒冷。

人心遭遇淫威、恐吓，只抱紧大地的沉默。

思想陷入泥泞，苦苦煎熬、悸动。

凛冽的风，击溃一切，检验一切！

二

正月里，桃花没开。

阳光和雨水不断探询风的方向。

青山肃穆，暮霭沉沉，连露水和星光也在指望远方。

手与手相牵，心与心交融，生发了一场旷世汹涌。

思索与思索碰撞，闪现刀光剑影，挥向迂腐、迟疑和刻板。

三

当春风从古城墙的垛口一跃而进，便乍泻了所有陶醉。

回归的燕子在枝头呢喃，评述每一片叶的新生，每一处水的充溢。

尘封的洞口爬出一双双苏醒的眼，把往事的巢抛在脑后。

精神重获振奋，终于摆脱夜魇，完成了深刻的泅渡。

新鲜的风，慰籍一切，酝酿一切！

四

为了今秋的收获，先在春季收获一回。

千万树梨花盛开，无限芬芳洒落天地间。

这是思想者领唱的交响，它是给冬雪的挽歌，更是催人奋进的春之序曲。

沸腾的风，复活一切，推动一切！

田野。犁铧翻飞，春泥喷涌……

红土坬下

炊烟载着烤红薯的焦香
飘向四面八方
爆竹声一阵阵炸响
飞檐翘角越发生动
游子们从大路赶来
忍不住热泪滚滚

桌前喝酒的男人曾经怯懦
漂泊多年，在城市
人群是水，波澜暗涌的
不再清澈的水
无穷无尽的孤单
把一双脚敲打得更加结实

他也是怀揣梦想的人
在外打工的日子里
无数次梦见母亲和这口老井
母亲吱吱呀呀地抽水
少年的他在旁边等着
挑一担担水去浇菜田

他在城市有空时
常去很远的一座人行天桥走走
觉得像经过家乡那道古石桥
觉得离天上的母亲近一些
还望得到郊区的一线缥缈炊烟
有点像现在，粗大的炊烟
从红土坬下升起

兄　弟

我企图忘记你的年龄
企图阻断你与那个城市的联系
企图以一个长姐的威仪
恳请你重新规划今后的生活

我无功而返
叫一声兄弟，其实是叫弟弟
好奇，探究，单纯的热血
一番话，闪现一地童年

在故乡，我时时回头张望
总也看不到弟弟随后赶来
呼喊，却没有回应
那个贪玩不知回家的孩子啊

疲惫的上午
我无法理解他的成长
只能静静看着他的背影
匆匆的双肩包

切菜的母亲

母亲用心地切菜
理清枝枝蔓蔓
斩断根根须须
苦的菜加点甜味椒
红梗子配上青的叶
剁碎姜蒜去除腥臊
快刀纷飞，流畅利落
如江湖老将，疾驰沙场

母亲一直都在切菜
把那些原生态加工
或长或短，或方或圆
调适生活的形形色色
切出盘盘乾坤祥瑞
灼烧桃花光芒
剔透浓情淡意
小小厨房吹拂着四季香风

"妈，今天吃什么菜？"
儿女一生的热望

裂痕，清粼粼地望向我

一种临界状态
似胶着又决裂
陶瓷冰裂纹，是最高境界
冰心已碎，却无法离弃

尘世浩渺，缘分精微
故事，不断确定它的发生地
固化为物，比石头还冷
游云远逝，残梦落痕

辣 椒

一刀刀下去，鲜红遍地
成为调味极品
堵住悠悠之口
对你爱恨交加的人们
甚至涕泗长流
爱与恨，欲罢不能

心底里热烈的秉性
一通到底
就算被吊起风干
仍是一支鲜亮的火炬
一挂即将点燃的爆竹
凛冽寒风中
高扬自信的凯歌

车站广场

迷信远方
人们依恋匆匆忙忙的某次旅行
一再想象另一个地方
另一种人间烟火
把车票紧紧攥在手里
憧憬一场早已被设置的程式化生活
你跃跃欲试
想象一条奔腾不息的大河
而前方车厢，只是一个水杯

我不选择出行
只在黄昏俯视
人来人往，熙熙攘攘
偶有上演不舍的相送
故事的桥段，剧情复杂
是冬天，是岸
捡拾，或者遗忘
一个注定从身边路过的人
她（他）的背影

一座村庄的抒情

沿着梅水河向北
不会再有汽车尾气的宣泄
路边反季蔬菜棚透出绿意茵茵
让几处老石桥焕发鲜活
为了冲淡一些冬天的寒意
金桂足足晚了两个月开花

阿婆坐在眉豆棚下望天
似乎厌倦了这熟悉的内容
她起身，对着池塘里的白鹅唤几声
到房前地里摘一把白菜，割一兜萝卜
走进家门做饭了

整个村庄是简单的
像村民口中常说的三字语
直白的，清醒的
像颗草籽，落地就能生根
长成自己想要的样子

在这里遇见的人

不问过往，不许来日
一坛老酒拂去尘土
从此接纳同一个昼夜
再送一根青竹篙
晾晒被打湿的四季

粽叶青葱

粽叶低垂，游历四季
只挂一瓢清溪水
远离汨罗江也能击起层层浊浪
幽暗的陆地上
绿色的叶子，缓慢地变硬

谁用心良苦把你栽种
忘记雄黄酒的毒
带着破茧化蝶的战栗
用坚硬的长叶
包裹懦弱的内心

五月，色彩开始绚烂
青葱粽叶，在高大乔木下静默
不浓不淡，随意点缀
轻轻拂去落在身上的尘烟
归还给泥土

黄昏的景致

鸟鸣声渐起，云层暗下来
几个妹妹走在回家路上
白天喧闹的路，忽地梦回古道
与现实主义依依惜别

半明半昧，有许多动人之处
心动然后阅读，无须言语
你看，芦苇丛摇晃的韵味
宛如穿越《诗经》之《蒹葭》

点点灯光亮了起来
那位佳人迟迟没有出现
梦在山巅，等待流星斑斓
穿过茶香氤氲的夜

七里镇老街

仙娘庙，几口大缸盛满流年
痴痴地立在那里
只有先前的碗儿糕
还在木桶、大勺、油锅里翻滚
香飘七里之外
召唤着后代子孙

古窑火烧旺了这片地脉
店铺的门面装了又卸，卸了又装
深深浅浅的石板路
一直走向贡江边码头
抓起那些木排、竹排
进进出出，来来往往
把老街的旧事踩了又踩

在乡村，我的告白如此繁华（组诗）

耕种春天

艾叶青青，举着漫山遍野的绿在奔跑
与草木为邻，心生崇敬
我决定修葺荒芜已久的城市庭院
移植新鲜的泥土

种上野菊、黄荆、益母草
维系万物蓬勃的乡村
清风朗月下不断感悟
恢复那些被忽视的细节
让经历的事物再生如初
继续谨慎而真实地活着

书声琅琅

飘来整齐划一的读书声
还脱不了稚嫩的尾音
雨雾滋润中乘着朝阳的力量
一些积极诚恳的词在形成

我知道，这些纯净的词语
像初秋的谷穗
将一天比一天饱满
最终会变得优质而深刻
他们表情丰富地举手、发言
"书声过处，皆有祝福和光"

倾听流水

阳明湖沉静谦恭
在这片水域，有一种信仰
河出山岳及远，是舍去
湖纳百川汇合，可化来

梅水，你即便是一泓溪流
也脉脉含香吐露
我就在你的芬芳四溢里
聆听湿漉漉的故事
心，一直柔软下去
清澈下去

故土亲人

我思念那些逝水
和田野里走过的背影
我不是游子，我只是归来

开始复耕我的故乡

逢一、四、七赶圩的人
晾晒红薯芋头的人
每天割草喂鱼的人
都是我的亲人
日出而作，日落而息
一起咀嚼油茶果苦涩之后的香甜

静守乡风

一片古银杏树叶落在脸上
池塘干瘪的莲蓬，也暗放幽香
最后是，蛙声从一杯茶里跃出
我苦苦追寻的禅悟，訇然开光

如释重负，原来无须冥思
热爱所有目光所及，就够了
桃李结子，杜鹃正盛
白墙灰瓦飞檐下的日常
照拂瞬息，亦涵千年
自然天成，简单而幸福

道　歉

经常低头，深蹲
摘艾草，嗅一朵花的香
连根拔起一株，移栽
当我与泥土越来越亲近的时候
悟出了一种回避，含蓄的

一朵花开完，就与我无关啦
它的话语，写在自己的空间
而我写下的所有文字
只是自私地占领
在此，我要向所有花草道歉

老家的亲戚们

大哥

大半辈子耕作莳田

皮肤黝黑如非洲男人

一双大手好像笊篱

走路姿势恰似上山

沉默寡言

从不与儿女说笑

却在某一天

提起小女儿的事

泪流满面

堂嫂

多年的媳妇熬成婆

与堂兄一起带着四个孙儿

再加一个小型养殖场

叫着子女、孙儿

唤着鸡、鸭、猪、牛

叫白了头发

扫盲班毕业的她
也懂得了教育方式
小儿子在河对岸喊她过去帮捆柴
嗓子都喊哑了
只听见一声"自家的事自家做"

外甥

很早就立志
要带父母跳出农村
做个风光的城里人
怀揣资格证走南闯北整五年
身上存款还不到八千块

春节回家带来一箱开心果
要全家人都开心
母亲心疼了
别浪费钱，这东西跟花生味道一个样
今年你又添了三个侄儿
压岁钱要多准备了

侄媳妇

白胖粗实的川妹子
吃苦耐劳会打算

热心泼辣惹人爱

不顾父母反对

直接从深圳嫁过来

三年就生下一双儿女

正月里告诉婆婆

今年多养一头猪吧

立冬后多晒些腊货

我想回娘家咯

妞妞仔仔也该拜见外公外婆啦

卖糖葫芦的姑娘

她举着一座山辗转
那里有很多人的童年
被包上鲜红欲滴的封面
问询匆忙奔波的人
是否愿意解开封面
一层，一层，又一层
褪到最后，那个即将形成
或者早已忘却的内核

孩子们最先来了
年迈的爷爷奶奶
童叟无欺，一起天真烂漫
高潮渐渐远去
姑娘扛起零落的几支
沿凹损的小路走向深巷
轻快的脚步声
被搁浅在拐弯处

后记：在呼吸，在心灵

迎着窗外一枝盛开的桃花，面前这120首诗歌，着实让我欣喜万分。她们像一颗颗珠贝，从我之前经过的生活海洋里走来，记录着我看过、想过的事物，留存着我对世界、对亲人、对朋友的真情告白。从时间缝隙里积累的这些文字，让我记住自己生命的初衷，永远保持纯真和善良，永不懈怠地追寻世界的美丽与宁静。

《草戒指》的书名，源于我的童年生活。那时在青海，六七岁，看了古装戏电影里女性的装饰品，珠光宝气、琳琅满目的发簪、步摇、手镯、戒指等等，让我非常喜欢，于是一群女孩儿在野外玩耍时，摘下红彤彤的枸杞籽串成项链，挑选有柔韧细茎的植物，缠绕成花冠、戒指的样子，穿戴起来。甩打着手绢儿，学着电影里的角色扮演娘娘、小姐、仙女等，咿呀学舌，忸怩作态，几个女孩子玩得好不爽快！那是天真孩童对自然万物的接纳与亲近，同时也开启了一个女孩子对女性意识的觉悟。

草戒指，多么朴素，却又多么美好！

身边的一草一木、山水田渠，把大自然装点得如此生动立体。我沉浸心灵，学会聆听。雁过长天、皓月当空，静水深流、芳草青青；一朵野花绽放，一枝春笋破土，鸟儿掠过天空，稻香的熏陶，九万里田野深沉，城市与乡村遥遥相望。无论风和日丽还是凄风苦雨，春暖花开还是寒雪冰封，走过了坎坷泥泞，总能迎来明媚阳光，这些都是自然万物予我的馈赠，始终脉脉地滋润心灵。我在无数细微的感悟中认真思考，汲取豁达、向上的精神力量。一路上有泥土芳香轻叩心扉，得以远离浮华，坚守住本真。

"……一首诗如何借助一个词的安排，通过时间设定和节奏的微妙变化，解放这个词的丰富而令人惊讶的意义分布区。"（路易丝·格丽克《诗人之教育》）此处"意义"我理解为人生意义或者生命意义。我阅读到的世界经典诗歌，无一不包含对人类，对历史，对文化，对一切众生的深情观照，引领着更加美好而高尚的理想境界。这束光芒伴随我，积极应对遇到的困难和挫折，丰富阅历，磨砺心智。写诗的冲动和构思过程中，我诚实地记录自己的所见所闻，甄别出那些虚伪、偏狭、绝望的东西，尽力赋予光明的主旨来完成一首诗，这也是完成一次又一次领悟生命意义的思想升华。

我是幸运的。1992年大学毕业后被分配到地方粮食系统，2006年进入中央储备粮工作，2019年起被选派参加国家精准扶贫、乡村振兴驻村工作。冥冥之中，粮食、土地、农村已深深融入我的血脉，一生被其缠绕与塑造！中储粮江西分公司每年一届的"谷雨诗会"，为诗歌爱好者搭建了广阔平台，鼓励我勤练笔力，一路咏叹。本书《第四辑·谷雨情愫》收录了我的部分获奖诗作。

华有良、徐良平、徐建星、欧阳滋生、王治川、万建平等老师，他们在诗歌创作上给予我悉心指导，对我产生了极大影响。几位老师的文学作品，一直放在我手边，经常阅读、理解，让我受益匪浅；怀着感恩之心，我认真做事、诚恳待人，遇到了人生中许多良师益友，收获了丰厚的友谊和真情。师友们无私的帮助，即便是一个热忱的眼神，一句贴心的话语，一番畅快的沟通，都成为我不断学习和进步的动力。

诗和远方，足以消解漫漫人生旅途中的孤独，在每个早晨迎接自由奔放的红日。诗歌蕴含至情至性、至善至美，使我更加热爱工作，更加热爱生活。

《草戒指》诗作数量不多、写作时间跨越十多年，其中的稚嫩、粗浅令我羞愧不安。但想到应保留一份真实来表达对诗歌的敬畏，便也释然了。当然，因个人文学视野的局限，一些诗作还停留在主题思想的"语焉不详"状态，思想的深刻理智、文字的精准叙述与诗意的完美呈现，三者还未达到很好的同步，这是我今后的努力方向。

感谢各位老师，感谢各位朋友，永远祝福你们！

2023年3月于赣州